AF461080

# HISTOIRE

DE

# L'EMPEREUR NAPOLÉON

Racontée dans une Grange par un Vieux Soldat.

—

Typ. LACRAMPE et Comp., rue Damiette, 2

# HISTOIRE

DE

# L'EMPEREUR

Racontée dans une Grange par un Vieux Soldat

ET RECUEILLIE PAR

**M. DE BALZAC.**

—

VIGNETTES PAR LORENTZ.

Gravures par MM. Brevière et Novion.

PARIS.

J.-J. DUBOCHET ET Cie. — J. HETZEL ET PAULIN,

rue de Seine, 33.

AUBERT et Comp., PLACE DE LA BOURSE.

1842.

# LES DEUX SOLDATS.

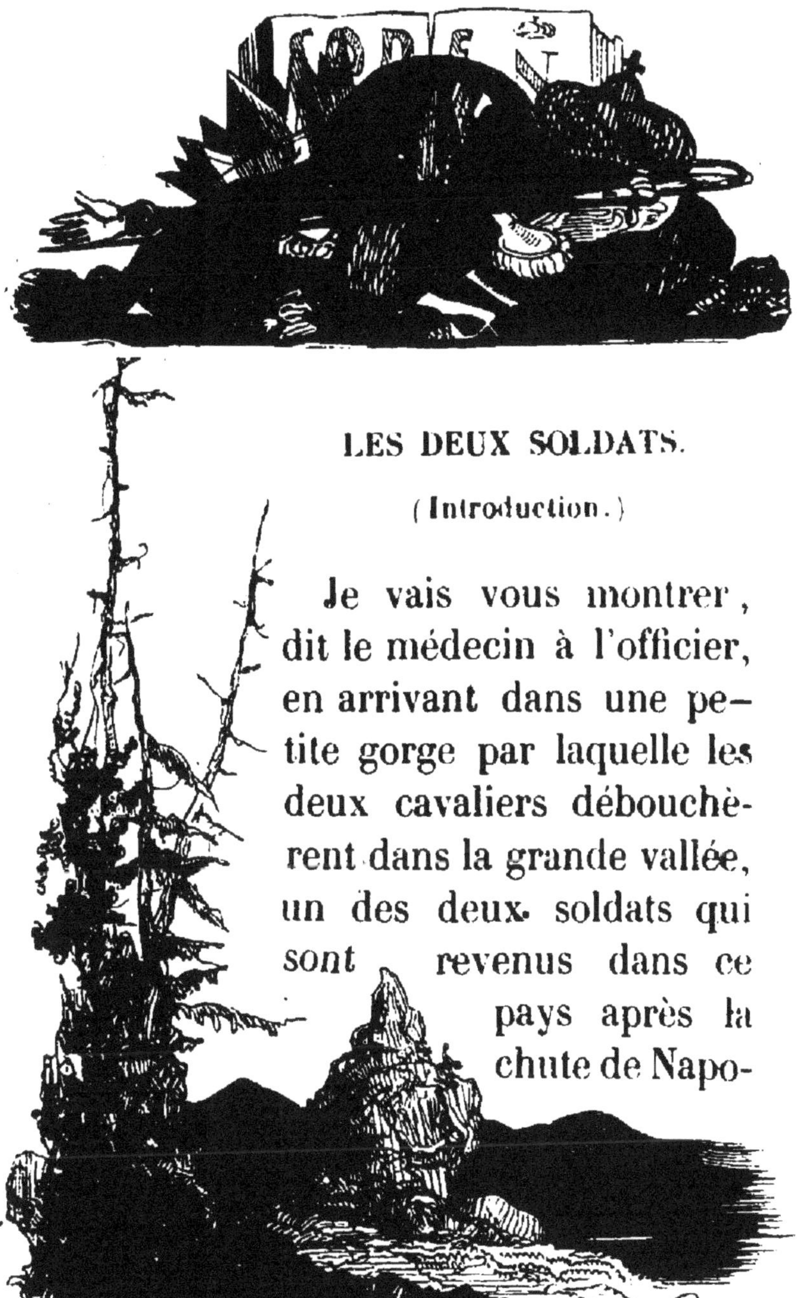

## LES DEUX SOLDATS.

(Introduction.)

Je vais vous montrer, dit le médecin à l'officier, en arrivant dans une petite gorge par laquelle les deux cavaliers débouchèrent dans la grande vallée, un des deux soldats qui sont revenus dans ce pays après la chute de Napoléon. Si je ne me trompe, nous allons le trouver à quelques pas d'ici recreusant une espèce de réservoir naturel où s'amassent les eaux de la montagne, et que les atterrissements ont comblé. Mais pour vous rendre cet homme intéressant, il faut vous raconter sa vie. — Il a nom Gondrin, reprit-il; il a été pris par la grande réquisition de 1792, à l'âge de dix-huit ans, et incorporé dans l'artillerie. Simple soldat, il a fait les campagnes d'Italie sous Napoléon, l'a suivi en Egypte, est revenu d'Orient à la paix d'Amiens; puis, enrégimenté sous l'Empire dans les pontonniers de la garde, il a constamment servi en Allemagne En dernier lieu, le pauvre ouvrier a été en Russie.

— Nous sommes un peu frères, dit l'officier de cavalerie; j'ai fait les mêmes campagnes. Il a fallu des corps de métal pour résister aux fantaisies de tant de climats différents. Le bon Dieu a, par ma foi, donné quelque brevet d'invention pour vivre à ceux qui sont encore sur leurs quilles après avoir traversé l'Italie, l'Egypte, l'Allemagne, le Portugal et la Russie.

—Aussi, allez-vous voir un bon tronçon d'homme, reprit le médecin. Vous connaissez la déroute, inutile de vous en parler. Mon homme, un des pontonniers de la Bérézina, a contribué à construire le pont sur lequel a passé l'armée, et pour en assujettir les premiers chevalets il s'est mis dans l'eau jusqu'à mi-corps. Le général Eblé, sous les ordres duquel étaient les pontonniers, n'a pu en trouver que quarante-deux assez poilus, comme dit Gondrin, pour entreprendre cet ouvrage. Encore le général s'est-il mis à l'eau lui-même en les encourageant, les consolant, et leur promettant à chacun mille francs de pension et la croix de légionnaire. Le premier homme qui est entré dans la Bérézina a eu la jambe emportée par un gros glaçon, et l'homme a suivi sa jambe. Mais vous comprendrez mieux les difficultés de l'entreprise par les résultats : des quarante-deux pontonniers, il ne reste aujourd'hui que Gondrin ; trente-neuf d'entre eux ont péri au passage de la Bérézina, et les deux autres ont fini misérablement dans les hôpitaux de la Pologne. Ce pauvre soldat n'est revenu de Wilna qu'en 1814, après la rentrée des Bourbons. Le général Eblé, de qui Gondrin ne parle jamais sans avoir les larmes aux yeux, était mort; le pontonnier, devenu sourd, infirme, et qui ne savait ni lire ni écrire, n'a donc plus trouvé ni soutien, ni défenseur. *Il est arrivé à Paris en mendiant son pain;* il a fait des démarches dans les bureaux du ministère de la guerre pour obtenir, non les mille francs de pension promis, non la croix de légionnaire, mais la simple retraite à laquelle il avait droit après vingt-deux ans de service et je ne sais combien de campagnes : il n'a eu ni solde arriérée, ni frais de route, ni pension. Après un an de sollicitations inutiles, pendant lequel il a tendu la main à tous ceux qu'il avait sauvés, le pontonnier est revenu ici désolé, mais résigné. Ce héros inconnu creuse des fossés à quinze sous la toise. Habitué à tra-

vailler dans les marécages, il a, comme il le dit, l'entreprise des ouvrages dont ne se soucie aucun ouvrier. En curant les mares, en faisant les tranchées dans les prés inondés, il peut gagner environ trois francs par jour. Sa surdité lui donne l'air triste; il est peu causeur de son naturel, mais il est plein d'âme. Nous sommes bons amis. Il dîne avec moi les jours de la bataille d'Austerlitz, de la fête de l'Empereur, du désastre de Waterloo, et je lui présente au dessert un napoléon pour lui payer son vin de chaque trimestre. Le sentiment de respect que j'ai pour cet homme est d'ailleurs partagé par toute la commune, qui ne demanderait pas mieux que de le nourrir. S'il travaille, c'est par fierté. Dans toutes les maisons où il entre, chacun le salue et l'invite à dîner. Je n'ai pu lui faire accepter ma pièce de vingt francs que comme portrait de l'Empereur. L'injustice commise envers lui l'a profondément affligé, mais il regrette encore plus la croix qu'il ne désire sa pension. Une seule chose le console : quand le général Eblé présenta les pontonniers valides à l'Empereur, après la construction des ponts. Napoléon a embrassé notre pauvre Gondrin, qui sans cette accolade serait peut-être déjà mort; il ne vit que par ce souvenir et par l'espérance du retour de Napoléon; rien ne peut le convaincre de sa mort, et, persuadé que sa captivité est due aux Anglais, je crois qu'il tuerait sur le plus léger prétexte le meilleur des Alderman voyageant pour son plaisir.

— Allons! allons! s'écria l'officier en se réveillant de la profonde attention avec laquelle il écoutait le médecin, allons vivement, je veux voir cet homme.

— L'autre soldat, reprit le médecin, est encore un de ces hommes de fer qui ont roulé dans les armées. Il a vécu comme vivent tous les soldats français, de balles, de coups, de victoires; il a beaucoup souffert et n'a jamais porté que des épaulettes de laine; son caractère est jovial; il aime avec fanatisme Napoléon, qui lui a donné la croix sur le champ de bataille à Valoutina. Vrai Dauphinois, il a toujours eu soin de se mettre en règle; aussi a-t-il sa pension de retraite et son traitement de légionnaire. C'est un soldat d'infanterie, nommé Goguelat, qui a passé dans la garde en 1812. Il est en quelque sorte la femme de ménage de Gondrin; tous deux demeurent chez la veuve d'un colporteur, à laquelle ils remettent leur argent; la bonne femme les loge, les nourrit, les habille, les soigne comme s'ils étaient ses enfants. GOGUELAT *est ici le piéton de la poste.* En cette qua-

lité, il est le diseur de nouvelles du canton; l'habitude de les raconter en a fait l'orateur des veillées, le conteur en titre Gondrin le regarde comme un bel esprit, comme un *malin*. Quand Goguelat parle de Napoléon, le pontonnier semble deviner ses paroles au seul mouvement des lèvres. Ce soir, à la veillée qui a lieu dans une de mes granges, si nous pouvons les voir sans être vus, je vous ferai entendre la véritable histoire de Napoléon, celle qui se conte au peuple. Mais nous voici près de la fosse, et je n'aperçois pas mon ami le pontonnier. »

Le médecin et le commandant regardèrent attentivement autour d'eux; ils ne virent que la pelle, la pioche, la brouette, la veste militaire de Gondrin auprès d'un tas de boue noire; mais nul vestige de l'homme dans les différents chemins pierreux par lesquels venaient les eaux, espèces de trous capricieux presque tous ombragés par des petits arbustes.

« Il ne peut être bien loin. Ohé! Gondrin! » cria Benassis.

Le militaire aperçut alors la fumée d'une pipe entre les feuillages d'un éboulis, et la montra du doigt au médecin, qui répéta son cri. Bientôt le vieux pontonnier avança la tête, reconnut le médecin et descendit par un petit sentier.

« Hé bien, mon vieux ! lui cria le médecin en faisant une espèce de cornet acoustique avec la paume de sa main, voici un camarade, un Égyptien, qui t'a voulu voir. »

Gondrin leva promptement la tête vers Genestas, et lui jeta ce coup d'œil profond et investigateur dont les vieux soldats ont pris l'habitude à force de mesurer promptement leurs dangers ; il vit le ruban rouge du commandant, et porta silencieusement le revers de sa main à son front.

« Si le petit tondu vivait encore, lui cria l'officier, tu aurais la croix et une belle retraite, car tu as sauvé la vie à tous ceux qui portent des épaulettes et qui se sont trouvés de l'autre côté de la rivière le 1er octobre 1812 ; mais, mon ami, ajouta le commandant en mettant pied à terre et lui prenant la main avec une soudaine effusion de cœur, je ne suis pas ministre de la guerre. »

En entendant ces paroles, le vieux pontonnier se dressa sur ses jambes après avoir soigneusement secoué les cendres de sa pipe et l'avoir serrée, puis il dit en penchant la tête : « Je n'ai fait que mon devoir, mon officier, mais les autres n'ont pas fait le leur à mon égard. Ils m'ont demandé mes papiers! Mes papiers, leur ai-je dit, mais c'est le vingt-neuvième bulletin.

— Il faut réclamer de nouveau, mon camarade; avec des protections, il est impossible aujourd'hui que tu n'obtiennes pas justice.

—Justice! » cria le vieux pontonnier d'un ton qui fit tressaillir le médecin et le commandant.

Il y eut un moment de silence, pendant lequel les deux cavaliers regardèrent ce débris des soldats de bronze que Napoléon avait triés dans deux générations. GONDRIN était certes un bel échantillon de cette masse indestructible qui se brisa sans rompre. Ce vieil homme avait à peine cinq

pieds; son buste et ses épaules s'étaient prodigieusement élargis; sa figure, tannée, sillonnée de rides, creusée, mais musculeuse, conservait encore quelques vestiges de martialité. Tout en lui avait un caractère de rudesse; son front semblait un quartier de pierre, ses cheveux rares et gris retombaient faibles comme si déjà la vie manquait à sa tête fatiguée; ses bras, couverts de poils aussi bien que sa poitrine, dont une partie se voyait par l'ouverture de sa chemise grossière, annonçaient une force extraordinaire; enfin, il était campé sur ses jambes presque torses comme sur une base inébranlable.

— Justice! répéta-t-il, il n'y en aura jamais pour nous autres! Nous n'avons point de porteurs de contraintes pour demander notre dû. Et comme il faut se remplir le bocal, dit-il en se frappant l'estomac, nous, nous n'avons pas le temps de l'attendre. Or, vu que les paroles des gens qui passent leur vie à se chauffer dans les bureaux n'ont pas la *vartu* des légumes, je suis revenu prendre ma solde sur le fonds commun, dit-il en frappant la boue avec sa pelle.

— Mon vieux camarade, cela ne peut pas aller comme ça! dit l'officier. Je te dois la vie, et je serais ingrat si je ne te donnais un coup de main. Moi, je me souviens d'avoir passé sur les ponts de la Bérezina, je connais de bons lapins qui en ont aussi la mémoire toujours fraîche, et ils me seconderont pour te faire récompenser par la patrie comme tu le mérites.

— Ils vous appelleront bonapartiste! Ne vous mêlez pas de cela, mon officier. D'ailleurs, j'ai filé sur les derrières, et j'ai fait ici mon trou comme un boulet mort. Seulement je ne m'attendais pas, après avoir voyagé sur les chameaux du désert et avoir bu un verre de vin au coin du feu de Moscou, à mourir sous les arbres que mon père a plantés, dit-il en se remettant à l'ouvrage.

— Ce pauvre vieux! dit le commandant. A sa place, je ferais comme lui : nous n'avons plus notre père. Monsieur, dit-il au médecin, la résignation de cet homme me cause une tristesse noire; il ne sait pas combien il m'intéresse, et va croire que je suis un de ces gueux dorés insensibles aux misères du soldat. » Il revint brusquement, saisit le pontonnier par la main, et lui cria dans l'oreille : « Par la croix que je porte, et qui signifiait autrefois *honneur*, je jure de faire tout ce qui sera humainement possible d'entreprendre pour t'obtenir une pension, quand je devrais avaler dix refus de ministre, solliciter le roi, le dauphin et toute la boutique ! »

En entendant ces paroles, le vieil ouvrier tressaillit, regarda l'officier, et lui dit : « Vous avez donc été simple soldat ? »

Le commandant inclina la tête. A ce signe, le pontonnier s'essuya la main, prit celle du commandant, la lui serra par un mouvement plein d'âme, et lui dit : « Mon général, quand je me suis mis à l'eau là-bas, j'avais fait à l'armée l'aumône de ma vie ; donc il y a eu du gain, puisque je suis encore sur mes ergots. Tenez, voulez-vous voir le fond du sac ? Eh bien ! depuis que *l'autre* a été dégommé, je n'ai plus goût à rien. Enfin, ils m'ont assigné ici, ajouta-t-il gaiement en montrant la terre, vingt mille francs à prendre dont je me paie en détail.

— Allons, mon camarade, dit l'officier, ému par la sublimité de ce pardon, tu auras du moins ici la seule chose que tu ne puisses pas m'empêcher de te donner. »

Le commandant se frappa le cœur, regarda le pontonnier pendant un moment, et remonta sur son cheval.

« Après le dîner, dit le médecin, vous verrez et vous entendrez Goguelat l'orateur. »

---

# HISTOIRE

# DE L'EMPEREUR.

## HISTOIRE

# DE L'EMPEREUR

### Racontée dans une Grange par un Vieux Soldat.

Allons maintenant à ma grange, dit le médecin à son hôte ; j'ai quelques compères qui doivent faire jaser Goguelat, notre piéton, sur le dieu du peuple. Mon valet d'écurie nous a dressé une échelle pour monter par une lucarne en haut du foin, à une place d'où nous verrons toute la scène. Croyez-moi, ce ne sera pas la première fois que je me serai mis dans le foin pour écouter un récit de soldat ou quelque conte de paysan. Mais cachons-nous bien ! si ces pauvres gens aperçoivent quelqu'un d'étranger, ils font des façons, et ne sont plus eux-mêmes.

— Et moi, mon cher hôte, dit Genestas, n'ai-je pas souvent fait semblant de dormir pour entendre mes cavaliers au bivouac ? Tenez, je n'ai jamais ri aux spectacles de Paris de si bon cœur qu'au récit de la déroute de Moscou, racontée en farce par un vieux maréchal-des-logis à des conscrits qui avaient peur de la guerre. Il disait que l'armée française faisait dans ses draps ; qu'on buvait tout à la glace ; que les morts s'arrêtaient en chemin ; qu'on avait vu la Russie blanche ; qu'on étrillait les chevaux à coups de dents ; que ceux qui aimaient à patiner s'étaient bien régalés ; que les amateurs de gelées de viande en avaient eu leur soûl ; que les femmes étaient généralement froides, et que la seule chose qui avait été sensiblement désagréable était de n'avoir pas eu d'eau chaude pour se raser. Enfin, il débitait des gaudrioles si comiques, qu'un vieux fourrier qui avait eu le nez gelé, et qu'on appelait *Nezrestant*, en riait lui-même.

— Chut! dit Benassis, nous voici arrivés; je passe le premier, suivez-moi. »

Tous deux montèrent à l'échelle et se blottirent dans le foin sans avoir été entendus par les gens de la veillée, au-dessus desquels ils se trouvaient assis de manière à les bien voir. Groupées par masses autour de trois ou quatre chandelles, quelques femmes cousaient, d'autres filaient, plusieurs restaient oisives, le cou tendu, la tête et les yeux tournés vers un vieux paysan qui racontait une histoire. La plupart des hommes se tenaient debout ou couchés sur des bottes de foin. Ces groupes, profondément silencieux, étaient à peine éclairés par les reflets vacillants des chandelles entourées de globes de verre pleins d'eau qui concentraient la lumière en rayons, dans la clarté desquels se tenaient les travailleuses. L'étendue de la grange, dont le haut restait sombre et noir, affaiblissait encore ces lueurs qui coloraient inégalement les têtes, en produisant de pittoresques effets de clair-obscur. Ici brillait le front brun et les yeux clairs d'une petite paysanne curieuse; là des bandes lumineuses découpaient les rudes fronts de quelques vieux hommes, et dessinaient fantasquement leurs vêtements usés ou décolorés. Tous ces gens attentifs et divers dans leurs poses exprimaient sur leurs physionomies immobiles l'entier abandon qu'ils faisaient de leur intelligence au conteur. C'était un tableau curieux où éclatait la prodigieuse influence exercée sur tous les esprits par la poésie. En exigeant de son narrateur un merveilleux toujours simple ou de l'impossible presque croyable, le paysan ne se montre-t-il pas ami de la plus pure poésie?

« Voyons, Goguelat, dit le garde-champêtre, racontez-nous l'Empereur.

— La veillée est trop avancée, dit le piéton, et je n'aime point à raccourcir les victoires.

— C'est égal, dites tout de même! Nous

les connaissons pour vous les avoir vu dire bien des fois; mais ça fait toujours plaisir à entendre.

— Racontez-nous l'Empereur! crièrent plusieurs personnes ensemble.

— Vous le voulez, répondit Goguelat. Eh bien! vous verrez que ça ne signifie rien quand c'est dit au pas de charge. J'aime mieux vous raconter toute une bataille. Voulez-vous Champ-Aubert, où il n'y avait plus de cartouches, et où l'on s'est astiqué tout de même à la baïonnette?

— Non! l'Empereur! l'Empereur! »

Le fantassin se leva de dessus sa botte de foin, promena sur l'assemblée ce regard noir tout chargé de misère, d'événements et de souffrances, qui distingue les vieux soldats; il prit sa veste par les deux basques de devant, les releva comme s'il s'agissait de recharger le sac où jadis étaient ses hardes, ses souliers, toute sa fortune; puis il s'appuya le corps sur la jambe gauche, avança la droite et céda de bonne grâce aux vœux de l'assemblée. Après avoir repoussé ses cheveux gris d'un seul côté de son front pour le découvrir, il porta la tête vers le ciel, afin de se mettre à la hauteur de l'homme dont il allait dire l'histoire.

« Voyez-vous, mes amis, Napoléon *est né en Corse*, qu'est une île française, *chauf-*

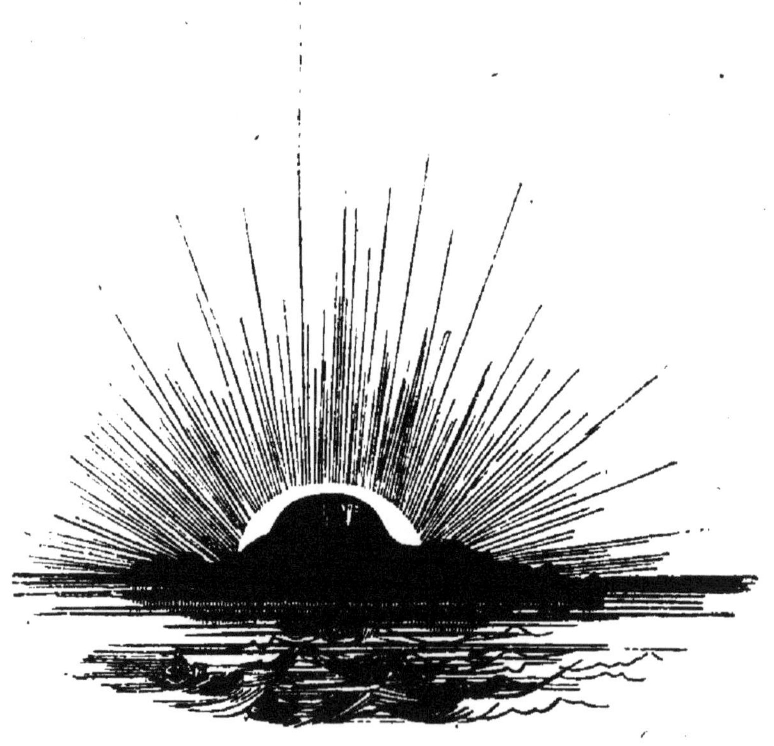

*fée par le soleil d'Italie*, où tout bout

comme dans une fournaise, et où l'on se tue les uns les autres, de père en fils, à propos de rien : une idée qu'ils ont. Pour vous commencer l'extraordinaire de la chose, sa mère, qui était la plus belle femme de son temps, et une finaude, eut la réflexion de le vouer à Dieu, pour le faire échapper à tous les dangers de son enfance et de sa vie, parce qu'elle avait rêvé que le monde était en feu le jour de son accouchement. C'était une prophétie ! Donc elle demande que Dieu le protége, à condition que Napoléon rétablira sa sainte religion, qu'était alors par terre. Voilà qu'est convenu, et ça s'est vu.

« Maintenant, suivez-moi bien, et dites-moi si ce que vous allez entendre est naturel.

« Il est sûr et certain qu'un homme qui avait eu l'imagination de faire un pacte secret pouvait seul être susceptible de passer à travers les lignes des autres, à travers les balles, les décharges de mitraille qui nous emportaient comme des mouches, *et qui avaient du respect pour sa tête.* J'ai eu la

preuve de cela, moi particulièrement, à Eylau. Je le vois encore, monte sur une hauteur, prend sa lorgnette, regarde sa bataille, et dit : Ça va bien! Un de mes intrigants à panaches qui l'embêtaient considérablement et le suivaient partout, même pendant qu'il mangeait, qu'on nous a dit, veut faire le malin, et prend la place de l'Empereur quand il s'en va. Oh! raflé! plus de panache. Vous entendez bien que Napoléon s'était engagé à garder son secret pour lui seul. Voilà pourquoi tous ceux qui l'accompagnaient, même ses amis particuliers, tombaient comme des noix : Duroc, Bessières, Lannes, tous hommes forts comme des barres d'acier, et qu'il fondait à son usage. Enfin, à preuve qu'il était l'enfant de Dieu, fait pour être le père du soldat, c'est qu'on ne l'a jamais vu ni lieutenant ni capitaine! Ah bien oui! en chef tout de suite. Il n'avait pas l'air d'avoir plus de vingt-trois ans qu'il était vieux général, depuis la prise de Toulon, où il a commencé par faire voir aux autres qu'ils n'entendaient rien à manœuvrer les canons. Pour lors, nous tombe tout maigrelet, général en chef à l'armée d'Italie, qui manquait de pain, de munitions, de souliers, d'habits, une pauvre armée nue comme un ver. —

« *Mes amis, qui dit, nous voilà ensemble.* Or, mettez-vous dans la boule que d'ici à quinze jours vous serez vainqueurs, habillés à neuf, que vous aurez tous des capotes, de bonnes guêtres, *de fameux souliers*; mais, mes enfants, faut marcher pour les aller prendre à Milan, où il y en a. » Et l'on a marché. Le Français écrasé, plat comme une punaise, se redresse. Nous étions trente mille va-nu-pieds contre quatre-vingt mille fendants d'Allemands, tous beaux hommes, bien garnis, que je vois encore. Alors, Napoléon, qui n'était encore que Bonaparte, nous souffle je ne sais quoi dans le ventre. Et l'on marche la nuit, et l'on marche le jour, l'*on te les tape à Montenotte*, on court

les rosser à Rivoli, Lodi, Arcole, Millesimo, et on te ne les lâche pas. Le soldat prend goût à être vainqueur. Alors Napoléon vous enveloppe ces généraux allemands qui ne savaient où se fourrer pour être à leur aise, les pelote très-bien, leur chippe quelquefois des dix mille hommes d'un seul coup en vous les entourant de quinze cents Français, qu'il faisait foisonner à sa manière. Enfin, leur prend leurs canons, vivres, argent,

munitions, tout ce qu'ils avaient de bon à prendre, vous les jette à l'eau, les bat sur les montagnes, les mord dans l'air, les dévore sur terre, *et les fouaille partout*. Voilà des troupes qui se remplument, parce que, voyez-vous, l'Empereur, qu'était aussi un homme d'esprit, se fait bien venir de l'habitant, auquel il dit qu'il est arrivé pour le délivrer. Pour lors, le pékin nous loge et nous chérit, *les femmes aussi, qu'étaient*

*des femmes très-judicieuses.* Fin finale, en ventôse 96, qu'était dans ce temps-là le mois de mars d'aujourd'hui, nous étions acculés dans un coin du pays des marmottes; mais, après la campagne, nous voilà maîtres de l'Italie, comme Napoléon l'avait prédit; et au mois de mars suivant, en une seule année et deux campagnes, il nous met en vue de Vienne : tout était brossé. Nous avions mangé trois armées successivement différentes, et dégommé quatre généraux autrichiens, dont un vieux qu'avait les cheveux blancs, et qui a été cuit comme un rat dans les paillassons à Mantoue. Les rois demandaient grâce à genoux ! La paix était conquise.

« Un homme aurait-il pu faire cela ? Non. Dieu l'aidait, c'est sûr. Il se subdivisionnait comme les cinq pains de l'Évangile, commandait la bataille le jour, la préparait la nuit, que *les sentinelles le voyaient toujours aller et venir*, et ne dormait ni ne mangeait. Pour lors, reconnaissant ses prodiges, le soldat te l'adopte

Les sentinelles le voyaient toujours aller et venir.

pour son père. En avant! Les autres à Paris, voyant cela, se disent : « Voilà un pèlerin qui paraît prendre ses *mots d'ordre dans le ciel*, il est singulièrement ca-

Il rassemble ses meilleurs lapins.

pable de mettre la main sur la France : faut le lâcher sur l'Asie ou sur l'Amérique, il s'en contentera peut-être ! » Ça était écrit pour lui comme pour Jésus-Christ. Le fait est qu'on lui donne ordre de faire faction en Egypte. Voilà sa ressemblance avec le fils de Dieu. Ce n'est pas tout. *Il rassemble ses meilleurs lapins*, ceux qu'il avait particulièrement endiablés, et leur dit comme ça : « Mes amis, pour le quart d'heure, on nous donne l'Égypte à chiquer. Mais nous l'avalèrons en un temps et deux mouvements, comme nous avons fait de l'Italie. Les simples soldats seront des princes qui auront des terres à eux. En avant ! » En avant ! mes amis, disent les sergents. Et l'on arrive à *Toulon, route d'Égypte*. Pour lors, les Anglais avaient tous leurs vaisseaux en mer. Mais quand nous nous embarquons, Napoléon nous dit : « Ils ne nous verront pas, et il est bon que vous sachiez dès à présent que votre général possède une étoile dans le ciel qui nous guide et nous protége ! » Qui fut dit fut fait. En

Toulon, route d'Égypte.

passant sur la mer, *nous prenons Malte comme une orange* pour le désaltérer de

sa soif de victoire, car c'était un homme qui ne pouvait pas être sans rien faire. Nous voilà en Egypte. Bon. Là, autre consigne. Les Egyptiens, voyez-vous, sont des hommes qui, depuis que le monde est monde, ont coutume d'avoir des géants pour souverains, des armées nombreuses comme des fourmis; parce que c'est un pays de génies et de crocodiles, où l'on a bâti des pyramides grosses comme nos montagnes, sous lesquelles ils ont eu l'imagination de mettre leurs rois pour les conserver frais, chose qui leur plaît généralement. Pour lors, en débarquant, le petit caporal nous dit : « Mes enfants, les pays que vous allez conquérir tiennent à un tas de dieux qu'il faut respecter, parce que le Français doit être l'ami de tout le monde, et battre les peuples sans les vexer. Mettez-vous dans la coloquinte de ne toucher à rien, d'abord, parce que nous aurons tout, après! Et marchez! » Voilà qui va bien. Mais tous ces gens-là auxquels Napoléon était prédit, sous le nom de Kébir-Bonaberdis, un mot de leur patois qui veut dire : *le sultan fait feu*, en ont une peur comme du diable. Alors le Grand-Turc, l'Asie, l'Afrique, ont recours à la magie, et nous envoient un démon, nommé *le*

*Mody, soupçonné d'être descendu du ciel*

sur un cheval qui était, comme son maître, incombustible au boulet, et qui tous deux vivaient de l'air du temps. Il y en a qui l'ont vu; mais moi je n'ai pas de raison pour vous en faire certains. C'étaient les puissances de l'Arabie et les Mamelucks qui voulaient faire croire à leurs troupiers que le Mody était capable de les empêcher de mourir à la bataille, sous prétexte qu'il était un ange envoyé pour combattre Napoléon et lui prendre le sceau de Salomon, un de leurs fourniments à eux, qu'ils prétendaient avoir été volé par notre général. *Vous entendez bien qu'on leur a fait faire la grimace tout de même.*

« Ha çà, dites-moi d'où ils avaient su le pacte de Napoléon ? Était-ce naturel ?

« Il passait pour certain dans leur esprit qu'il commandait aux génies, et se transportait en un clin d'œil d'un lieu à un autre, comme un oiseau. Le fait est qu'il était partout. Enfin, qu'il venait leur enlever une reine, belle comme le jour, pour laquelle il avait offert tous ses trésors et des diamants gros comme des œufs de pigeon, marché que le Mameluck dont elle était la particulière, quoiqu'il en eût d'autres, avait refusé positivement. Dans ces termes-là, les affaires ne pouvaient donc s'arranger qu'avec beaucoup de combats. Et c'est ce dont on ne s'est pas fait faute, car il y a eu des coups pour tout le monde. Alors nous nous sommes mis en ligne à Alexandrie, à Giseh et devant les Pyramides. Il a fallu marcher sous le soleil, dans le sable, où les gens sujets d'avoir la berlue voyaient des eaux dont on ne pouvait pas boire, et de l'ombre que ça faisait suer. *Mais nous man-*

*geons le Mameluck à l'ordinaire*, et tout

plie à la voix de Napoléon, qui s'empare de la haute et basse Egypte, l'Arabie, enfin jusqu'aux capitales des royaumes qui n'étaient plus, et où il y avait des milliers de statues, les cinq cents diables de la nature, puis, chose particulière, une infinité de lézards, un tonnerre de pays où chacun pouvait prendre ses arpents de terre, pour peu que ça lui fût agréable. Pendant qu'il s'occupe de ses affaires dans l'intérieur, où il avait idée de faire des choses superbes, un institut rempli de savants, et des manufactures de tout, les Anglais lui brûlent sa flotte à la bataille d'Aboukir, car *ils ne savaient quoi s'inventer pour nous contra-*

*rier*. Mais Napoléon, qui avait l'estime de l'Orient et de l'Occident, que le pape l'appelait son fils, et le cousin de Mahomet, son cher père, veut se venger de l'Angleterre et lui prendre les Indes, pour se remplacer sa flotte. Il allait nous conduire en Asie, par la mer Rouge, dans des pays où il n'y a que des diamants, de l'or, pour faire la paye aux soldats, et des palais pour étapes, lorsque le Mody s'arrange avec la peste et nous l'envoie pour interrompre nos victoires. Halte ! Alors tout le monde défile à c'te parade d'où l'on ne revient pas sur ses pieds. Le soldat mourant ne peut pas te prendre Saint-Jean-d'Acre, où l'on est entré trois fois avec un entêtement généreux et martial. Mais la peste était la plus forte, il n'y avait pas à dire : Mon bel ami ! tout le monde se trouvait très-malade. Napoléon seul était frais comme une rose, et toute l'armée l'a vu buvant la peste sans que ça lui fît rien du tout.

« Ha çà, mes amis, croyez-vous que c'était naturel ?

« Les Mamelucks, sachant que nous étions tous dans les ambulances, veulent nous barrer le chemin; mais, avec Napoléon, c'te farce-là ne pouvait pas prendre Donc il dit à ses damnés, à ceux qui avaient le cuir plus dur que les autres : — « Allez me nettoyer la route. » Junot, qu'était un sabreur au premier numéro, et son ami véritable, ne prend que mille hommes, et vous a décousu tout de même l'armée d'un pacha qui avait la prétention de se mettre en travers. Pour lors *nous revenons au Caire*, notre quartier-général. Autre histoire. Napoléon absent, la France s'était laissé détruire le tempérament par les gens de Paris qui gardaient la solde des troupes, leur masse de linge, leurs habits, les laissaient crever de faim et voulaient qu'elles fissent la loi à l'univers, sans s'en inquiéter autrement. C'étaient des imbéciles qui s'amusaient à bavarder au lieu de mettre la main à la pâte. Et donc nos armées étaient battues, les frontières de la France entamées : L'HOMME n'était plus là. Voyez-vous

je dis *l'homme* parce qu'on l'a appelé comme ça, mais c'était une bêtise, puisqu'il avait une étoile et toutes ses particularités : c'étaient nous autres qui étions les hommes ! Il apprend l'histoire de France après sa fameuse bataille d'Aboukir, où, sans perdre plus de trois cents hommes, et avec une seule division, il a vaincu la grande armée des Turcs, forte de vingt–cinq mille hommes, dont il a bousculé dans la mer plus d'une grande moitié, rrah ! Ce fut son dernier coup de tonnerre en Égypte. Il se dit, voyant tout perdu là-bas : — « Je suis le sauveur de la France, je le sais, faut que j'y aille. » Mais comprenez bien que l'armée n'a pas su son départ, sans quoi on l'aurait gardé de force pour le faire empereur d'Orient. Aussi nous voilà tous tristes, quand nous sommes sans lui, parce qu'il était notre joie. Lui laisse son commandement à Kléber, un grand mâtin qu'a descendu la garde, assassiné par un Egyptien qu'on a fait mourir en lui mettant une baïonnette dans le derrière, qui est la manière de guillotiner dans ce pays-là ; mais ça fait tant souffrir qu'un soldat a eu pitié de ce criminel, il lui a tendu *sa gourde* ; et aussitôt que l'Egyptien a eu bu de l'eau, il a tortillé de l'œil avec un plaisir infini. Mais ne nous amusons pas à cette ba-

gatelle. Napoléon met le pied *sur une coquille de noix*, un petit navire de rien du

tout qui s'appelait *la Fortune*, et, en un clin d'œil, à la barbe de l'Angleterre qui le bloquait avec des vaisseaux de ligne, frégates et tout ce qui faisait voile, il débarque en France, car il a toujours eu le don de passer les mers en une enjambée.

« Etait-ce naturel?

« Bah ! aussitôt qu'il est à Fréjus, autant dire qu'il a les pieds dans Paris. Là, tout le monde l'adore; mais lui, convoque le gouvernement. Qu'avez-vous fait de mes enfants les soldats? qui dit aux avocats; vous êtes un tas de galapiats qui vous fichez du monde, et faites vos choux gras de la France, Ca n'est pas juste, et je parle pour tout le monde qu'est pas content! Pour lors ils veulent babiller et le tuer, mais minute! il les enferme dans leur caserne à paroles, *les fait sauter par les fenêtres*, et vous les enrégimente à sa suite, où ils deviennent muets comme des poissons, souples comme des blagues à tabac. De ce coup, passe consul; et, comme ce n'était pas lui qui pouvait douter de

l'Être-Suprême, il remplit alors sa promesse envers le bon Dieu, qui lui tenait sérieusement parole; lui rend ses églises, rétablit sa religion; les cloches sonnent pour Dieu et pour lui. Voilà tout le monde bien content : *primo*, les prêtres qu'il empêche d'être tracassés; *segondo*, les bourgeois, qui fait son commerce sans avoir à craindre le *rapiamus* de la loi qu'était devenue injuste ; *tertio*, les nobles qu'il défend d'être fait mourir comme on en avait injurieusement contracté l'habitude. Mais *il y avait des ennemis à balayer*, et il ne

s'endort pas sur la gamelle, parce que, voyez-vous, son œil vous traversait le monde comme une simple tête d'homme. Pour lors paraît en Italie comme s'il passait la tête par la fenêtre, et son regard suffit. Les Autrichiens sont avalés à Marengo comme des goujons par une baleine ! Haouf ! Ici, la victoire française a chanté sa gamme assez haut pour que le monde entier l'entende, et ça suffit. — Nous n'en jouons plus, que disent les Allemands. — Assez comme ça ! disent les autres. Total : l'Europe fait la cane, l'Angleterre met les pouces. Paix générale où les rois et les peuples font mine de s'embrasser. C'est là que l'Empereur *a inventé la Légion-d'Hon-*

*neur*, une bien belle chose, allez! En France, qu'il a dit à Boulogne devant l'armée entière, tout le monde a du courage! Donc la partie civile qui fera des actions d'éclat sera sœur du soldat, le soldat sera son frère, et ils seront unis sous le drapeau de l'honneur. Nous autres, qui étions là-bas, nous revenons d'Egypte. Tout était changé! Nous l'avions laissé général, en un rien de temps nous le retrouvons empereur. Ma foi, la France s'était donnée à lui comme une belle fille à un lancier. Or, quand ça fut fait, à la satisfaction générale, on peut le dire, il y eut une sainte cérémonie comme il ne s'en était jamais vu sous la calotte des cieux. Le pape et les cardinaux, dans leurs habits d'or et rouges, passent les Alpes exprès pour le sacrer devant l'armée et le peuple, qui battent des mains. Il y a une chose que je serais njuste de ne pas vous dire. En Egypte, dans le désert près de la Syrie, L'HOMME ROUGE lui apparut dans la montagne de Moïse, pour lui dire : « Ça va bien. »

Puis, à Marengo, le soir de la victoire, pour la seconde fois, s'est dressé devant lui, sur ses pieds, l'*Homme Rouge*, qui lui dit : « Tu verras le monde à tes genoux, et tu seras Empereur des Français, roi d'Italie, maître de la Hollande, souverain de l'Espagne, du Portugal, provinces illyriennes, protecteur de l'Allemagne, sauveur de la Pologne, premier aigle de la Légion-d'Honneur, et tout. » Cet Homme Rouge, voyez-vous, c'était son idée à lui, une manière de piéton qui lui servait, à ce que disent plusieurs, pour communiquer avec son étoile. Moi, je n'ai jamais cru cela ; mais l'Homme Rouge est un fait véritable, et Napoléon en a parlé lui-même, et a dit qu'il lui venait dans les moments durs à passer, et restait au palais des Tuileries, dans les combles. Donc, au couronnement, Napoléon l'a vu le soir pour la troisième fois, et ils furent en délibération sur bien des choses. Lors l'Empereur va droit à Milan se faire couronner roi d'Italie. Là commence véritablement le triomphe du soldat. Pour lors, tout ce qui savait lire passe officier. Voilà les pensions, les dotations de duchés qui pleuvent; des trésors pour l'état-major qui ne coûtaient rien à la France, et la Légion-d'Honneur fournie de rentes pour les simples soldats, sur lesquelles je touche encore ma pension. Enfin, voilà des armées tenues comme il ne s'en était jamais vu Mais l'Empereur, qui savait qu'il devait être l'Empereur de tout le monde, pense aux bourgeois, et leur fait bâtir, suivant leurs idées, des monuments de fée là où il n'y en avait pas plus que sur ma main. Une supposition, vous reveniez d'Espagne pour passer à Berlin; eh bien! vous retrouviez des arches de triomphe avec de simples soldats mis dessus en belle sculpture, ni plus ni moins que des généraux. Napoléon, en deux ou trois ans, sans mettre d'impôts sur vous autres, remplit ses caves d'or, fait des ponts, des palais, des routes, des savants, des fêtes, des lois, des vaisseaux, des ports, vous dépense des millions de milliasses, et tant et tant, qu'on m'a dit qu'il en aurait

On t'ira pêcher des royaumes à la baïonnette.

pu paver la France de pièces de cent sous, si ça avait été sa fantaisie. Alors, quand il se trouve à son aise sur son trône, et si bien le maître de tout, que l'Europe attendait sa permission pour faire quelque chose, comme il avait quatre frères et trois sœurs, il nous dit en manière de conversation, à l'ordre du jour : « Mes enfants, est-il juste que les parents de votre Empereur tendent la main? Non. Je veux qu'ils soient flambants tout comme moi. Pour lors, il est de toute nécessité de conquérir un royaume pour chacun d'eux, afin que le Français soit le maître de tout; que les soldats de la garde fassent trembler le monde, et que la France tousse où elle veut, et qu'on lui dise, comme sur ma monnaie : *Dieu vous protége!* — Convenu! répond l'armée, *on t'ira pêcher des royaumes à la baïonnette.* » Ah! c'est qu'il n'y avait pas à reculer, voyez-vous! *et s'il avait eu dans sa boule de conquérir la lune*, il aurait fallu s'arranger pour ça, faire ses sacs, *et grimper ;* heureusement qu'il n'en a pas eu la volonté. Les rois qu'étaient ha-

Et s'il avait eu dans sa boule de conquérir la lune…

bitués aux douceurs de leur trône se font naturellement tirer l'oreille ; et alors, en avant, nous autres ! Nous marchons, nous allons, et le tremblement recommence avec une solidité générale. En a-t-il fait user, dans ce temps-là, des hommes et des souliers ! Alors on se battait à coups de nous si cruellement, que d'autres que les Français s'en seraient fatigués. Mais vous n'ignorez pas que le Français est né philosophe, et, un peu plus tôt un peu plus tard, sait qu'il faut mourir. Aussi nous mourions tous sans rien dire, parce qu'on avait le plaisir de voir l'Empereur faire ça sur les géographies. (Là, le fantassin décrivit lestement un rond avec son pied sur l'aire de la grange.) Et il disait : « *Ça, ce sera un royaume !* » Et c'était un vrai royaume. Quel bon temps ! Les colonels passaient généraux le temps de les voir ; les généraux maréchaux, les maréchaux rois. Et il y en a encore un, qui est debout pour le dire à l'Europe, quoique ce soit un Gascon, traître à la France pour garder sa couronne, qui n'a pas rougi de

honte, parce que, voyez-vous, les couronnes sont en or! Enfin, les simples sapeurs qui savaient lire étaient princes tout de même. Moi qui vous parle, j'ai vu à Paris onze rois et un peuple de princes qui entouraient Napoléon comme les rayons du soleil! Vous entendez bien que chaque soldat ayant la chance de chausser un trône, pourvu qu'il en eût le mérite, *un caporal de la garde était comme une curiosité* qu'on l'admirait passer, parce que chacun avait son contin-

Un caporal de la garde était comme une curiosité.

gent dans la victoire parfaitement connu dans le bulletin. Et y en avait-il de ces batailles! Austerlitz, où l'armée a manœuvré comme à la parade; Eylau, où l'on a noyé les Russes dans un lac comme si Napoléon avait soufflé dessus; Wagram, où l'on s'est battu trois jours sans bouder. Enfin, y en avait autant que de saints au calendrier. Aussi alors fut-il prouvé que Napoléon possédait dans son fourreau la véritable épée de Dieu. Alors, le soldat avait son estime, et il en faisait son enfant, s'inquiétait si vous aviez des souliers, du linge, des capotes, du pain, des cartouches, quoiqu'il tînt sa majesté, puisque c'était son métier, à lui, de régner. Mais c'est égal, un sergent, et même un soldat du train pouvait lui dire: « Mon Empereur, » comme vous me dites à moi quelquefois: « Mon bon ami. » Et il répondait aux raisons qu'on lui faisait, couchait dans la neige comme nous autres; enfin, il avait presque l'air d'un homme naturel. Moi qui vous parle, je l'ai vu, *les pieds dans la mitraille, pas plus gêné que vous êtes là*, et mobile, regardant avec sa

lorgnette, toujours à son affaire. Alors, nous restions là tranquilles comme Baptiste. Je ne sais pas comment il s'y prenait, mais, quand il nous parlait, sa parole nous envoyait comme du feu dans l'estomac; et, pour lui montrer qu'on était ses enfants, incapables de bouquer, on allait pas ordinaire devant des polissons de canons qui gueulaient et vomissaient des régiments de boulets sans dire gare. Enfin, les mourants avaient la *chose de se relever pour le saluer et lui crier :* « Vive l'Empereur! »

«Était-ce naturel? auriez-vous fait cela pour un simple homme?

« Pour lors, tout son monde établi, l'impératrice Joséphine, qui était une bonne femme tout de même, ayant la chose tournée à ne pas lui donner d'enfants, fut obligé de la quitter, quoiqu'il l'aimât considérablement. Mais il lui fallait des petits, rapport au gouvernement. Apprenant cette difficulté, tous les souverains de l'Europe se sont battus à qui lui donnerait une femme. Et il a épousé, qu'on nous a dit, une Autrichienne, qu'était la fille des Césars, un homme ancien dont on parle partout, et pas seulement dans nos pays, où vous entendez dire qu'il a tout fait, mais en Europe. Et c'est si vrai, que moi qui vous parle en ce moment, j'ai été sur le Danube, où j'ai vu les morceaux d'un pont bâti par cet homme, qui paraît qu'a été à Rome parent de Napoléon, d'où s'est autorisé l'Empereur d'en prendre l'héritage pour son fils. Donc, après son mariage, qui fut une fête pour le monde entier, et où il a fait grâce au peuple de dix ans d'impositions, qu'on a payées tout de même, parce que les bureaux n'en ont pas tenu compte, sa femme a eu un petit qu'était *roi de Rome*, une chose

qui ne s'était pas encore vue sur la terre; car jamais un enfant n'était né roi, son père vivant. Ce jour-là, un ballon est parti de

Paris pour le dire à Rome, *et ce ballon a fait le chemin en un jour.*

« Ha çà, y a-t-il maintenant quelqu'un de vous autres qui me soutiendra que tout ça était naturel? Non, c'était écrit là-haut! Et la gale à qui ne dira pas qu'il est envoyé par Dieu même pour faire triompher la France !

« Mais voilà l'empereur de Russie, qu'était son ami, qui se fâche de ce qu'il n'a pas épousé une Russe, et qui soutient les Anglais, nos ennemis, auxquels on avait toujours empêché Napoléon d'aller dire deux mots dans leur boutique. Fallait donc en finir avec ces canards-là. Napoléon se fâche et nous dit : — « Soldats ! vous avez été maîtres dans toutes les capitales de l'Europe ; reste Moscou, qui s'est allié à l'Angleterre. Or, pour pouvoir conquérir Londres et les Indes qu'est à eux, je trouve définitif d'aller à Moscou. » Pour lors, assemble la plus grande des armées qui jamais ait traîné ses guêtres sur le globe, et si curieusement bien alignée, qu'en un jour il a passé en revue un million d'hommes. — Hourra ! disent les Russes. Et voilà la Russie tout entière, *des animaux de Cosaques qui s'envolent*. C'était pays contre pays, un boulevari général, dont il fallait se garer. Et comme avait dit l'Homme Rouge à Na-

Des animaux de Cosaques qui s'envolent.

poléon : « C'est l'Asie contre l'Europe! — Suffit, qu'il dit, je vais me précautionner. » Et voilà fectivement tous les rois qui viennent *lécher la main de Napoléon!* L'Au-

triche, la Prusse, la Bavière, la Saxe, la Pologne, l'Italie, tout est avec nous, nous flatte, et c'était beau! Les aigles n'ont jamais autant roucoulé qu'à ces parades-là, qu'elles étaient au-dessus de tous les drapeaux de l'Europe. Les Polonais ne se tenaient pas de joie, parce que l'Empereur avait idée de les relever; de là, que la Pologne et la France ont toujours été frères.

Enfin : « A nous la Russie ! » crie l'armée. Nous entrons bien fournis ; nous marchons, marchons ; point de Russes. Enfin, nous trouvons mes mâtins campés à la Moscowa. C'est là que j'ai eu la croix, et j'ai congé de dire que ce fut une sacrée bataille ! L'Empereur était inquiet ; il avait vu l'Homme Rouge, qui lui dit : « Mon enfant, tu vas plus vite que le pas ; les hommes te manqueront, les amis te trahiront. » Pour lors, proposa la paix. Mais avant de la signer : « Frottons les Russes ? » qui nous dit. « Tope ! » s'écria l'armée. « En avant ! » disent les sergents. Mes souliers étaient usés, mes habits décousus, à force d'avoir trimé dans ces chemins-là, qui ne sont pas commodes du tout ! Mais c'est égal ! « Puisque c'est la fin du tremblement, que je me dis, je veux m'en donner tout mon soûl ! » *Nous étions devant le grand ravin ;* c'étaient les premières places ! Le signal se donne ; sept cents pièces d'artillerie commencent une conversation à vous faire sortir le sang par les oreilles. Là, faut rendre justice à ses

ennemis. Les Russes se faisaient tuer comme des Français, sans reculer, et nous n'avancions pas. « En avant, nous dit-on, voilà l'Empereur! » C'était vrai; *passe au galop en nous faisant signe* qu'il s'importait beaucoup de prendre la redoute. Il nous anime,

nous courons, j'arrive le premier au ravin. Ah! mon Dieu! les lieutenants tombaient, les colonels, les soldats! C'est égal! Ça faisait des souliers à ceux qui n'en avaient pas, et des épaulettes pour les intrigants qui savaient lire. Victoire! c'est le cri de toute la ligne. Par exemple, ce qui ne s'était jamais vu, il y avait vingt-cinq mille Français par terre. Excusez du peu! C'était un vrai champ de blé coupé : au lieu d'épis, mettez des hommes. Nous étions dégrisés, nous autres. L'homme arrive, on fait le cercle autour de lui. Pour lors, il nous câline, car il était aimable quand il le voulait, à nous faire contenter de vache enragée par une faim de loup. Alors mon câlin distribue soi-même les croix, salue les morts; puis nous dit : « A Moscou! — *Va pour Moscou!* » dit l'armée. Nous prenons Moscou Voilà-t-il pas que les Russes brûlent leur ville, que ça été un feu de paille de deux lieues qui flambe pendant deux jours, que les édifices tombaient comme des ardoises! Il y avait des pluies de fer et de plomb fondus qui étaient naturellement horribles; et, l'on peut vous le dire, à vous, ce fut l'éclair de nos malheurs. L'Empereur dit : « Assez comme ça; tous mes soldats y resteraient. » Nous nous amusons à nous rafraîchir un petit moment et à se refaire le cadavre, parce qu'on était réellement fatigué beaucoup. Nous emportons une croix d'or qu'était sur le Kremlin, et chaque soldat avait une petite fortune.

Mais, en revenant, l'hiver s'avance d'un mois, chose que les savants qui sont des bêtes n'ont pas expliquée suffisamment; *le froid*

*nous pince*. Plus d'armée, entendez-vous? plus de généraux, plus de sergents même. Pour lors, ce fut le règne de la misère et de la faim, règne où nous étions réellement tous égaux. On ne pensait qu'à revoir la France, l'on ne se baissait pas pour ramesser son fusil ni son argent; et chacun allait devant lui, arme à volonté, sans se soucier de la gloire! Enfin, le temps était si mauvais, que l'Empereur ne voyait plus son étoile. Il y avait quelque chose entre le ciel et lui. Pauvre homme, qu'il était malade de voir ses aigles à contrefil de la victoire! Et ça lui en a donné une sévère, allez! Arrive la Bérézina. Ici, mes amis, l'on peut vous affirmer, par ce qu'il y a de plus sacré, sur l'honneur, que, depuis qu'il y a des hommes, jamais, au grand jamais, ne s'était vue pareille fricassée d'armée, de voitures, d'artillerie, dans de pareille neige, sous un ciel pareillement ingrat. Le canon des fusils vous brûlait la main, si vous y touchiez, tant il était froid C'est là que l'armée a été sauvée *par les pontonniers*, qui se sont trouvés solides au

poste, et où s'est parfaitement comporté Gondrin, le seul vivant des gens assez entêtés pour se mettre à l'eau afin de bâtir les ponts sur lesquels l'armée a passé, et se sauver des Russes, qui avaient encore du respect pour la grande armée, rapport aux victoires. Et, dit-il en montrant Gondrin, qui le regardait avec l'attention particulière aux sourds, Gondrin est un troupier fini, un troupier d'honneur même, qui mérite vos plus grands égards.

« J'ai vu, reprit-il, l'Empereur debout près du pont, immobile, n'ayant point froid. Était-ce encore naturel?

« Il regardait la perte de ses trésors, de ses amis, de ses vieux Égyptiens. Bah! tout y passait, les femmes, les fourgons, l'artillerie, tout était consommé, mangé, ruiné. *Les plus courageux gardaient les aigles*; parce que les aigles, voyez-vous, c'était la France, c'était tout vous autres, c'était l'honneur du civil et du militaire qui devait rester pur et ne pas baisser la tête à cause du froid. On ne se réchauffait guère que près de l'Empereur, puisque quand il était en danger, nous accourions, gelés, nous qui ne nous arrêtions pas pour tendre la main à des amis. On dit aussi qu'il pleurait la nuit sur sa pauvre famille de soldats. Il n'y avait que lui et des Français pour se

Les plus courageux gardaient les aigles.

tirer de là; et l'on s'en est tiré, mais avec des pertes et de grandes pertes que je dis! Les alliés avaient mangé nos vivres; tout commençait à le trahir, comme lui avait dit l'Homme Rouge. Les bavards de Paris, qui se taisaient depuis l'établissement de la garde impériale, le croient mort et trament une conspiration où l'on met dedans le préfet de police pour renverser l'Empereur. Il apprend ces choses-là, ça vous le taquine, et il nous dit quand il est parti : « Adieu, mes enfants, gardez les postes, je vais revenir. » Bah! ses généraux battent la breloque, car sans lui ce n'était plus ça. Les maréchaux se disent des sottises, font des bêtises, et c'était naturel : Napoléon, qui était un bon homme, les avait nourris d'or, *ils devenaient gras à lard* qu'ils ne voulaient plus marcher. De là sont venus les malheurs, parce que plusieurs sont restés en garnison sans frotter le dos des ennemis derrière lesquels ils étaient, tandis qu'on nous poussait vers la France. Mais l'Empereur nous revient avec des conscrits et *de*

*fameux conscrits*, dont il changea le moral parfaitement et en fit des chiens finis à mordre quiconque, avec des bourgeois en garde d'honneur, une belle troupe qu'a fondue comme du beurre dans la poêle. Malgré notre tenue sévère, voilà que tout est contre nous. Mais l'armée fait encore des prodiges de valeur. Pour lors, se donnent des batailles de montagnes, peuples

contre peuples, à Dresde, Lutzen, Bautzen...

« Souvenez-vous de ça, vous autres, parce que c'est là que le Français a été si particulièrement héroïque, que *dans ce temps-là un bon grenadier ne durait pas plus de six mois !*

« Nous triomphons toujours; mais sur

Dans ce temps-là un bon grenadier ne durait pas plus de six mois

les derrières, ne voilà-t-il pas les Anglais qui font révolter les peuples en leur disant des bêtises! Enfin on se fait jour à travers ces meutes de nations. Partout où l'Empereur paraît, nous débouchons, parce que, sur terre comme sur mer, là où il disait: « Je veux passer! » nous passions. Fin finale, nous sommes en France, et il y a plus d'un pauvre fantassin à qui, malgré la dureté du temps, l'air du pays a remis l'âme dans un état satisfaisant. Moi, je puis dire, en mon particulier, que ça m'a rafraîchi la vie. Mais à cette heure il s'agit de défendre la France, la patrie, la belle France enfin, contre toute l'Europe qui nous en voulait d'avoir voulu faire la loi aux Russes, en les poussant dans leurs limites pour qu'ils ne nous mangeassent pas, comme c'est l'habitude du Nord, qui est friand du Midi, chose que j'ai entendu dire à plusieurs généraux. Alors l'Empereur voit son propre beau-père, ses amis qu'il avait assis rois, et les canailles auxquelles il avait rendu leurs trônes, tous contre lui. Enfin, même des Français et des alliés qui se tournaient, par ordre supérieur, contre nous, dans nos rangs, comme à la bataille de Leipsick. N'est-ce pas des horreurs dont de simples soldats seraient peu capables? Ça manquait à sa parole trois fois par jour, et ça se disait des princes! Pour lors l'invasion se fait. Partout où notre Empereur montre sa face de lion, l'ennemi recule, et il a fait dans ce temps-là plus de prodiges en défendant la France, qu'il n'en avait fait pour conquérir l'Italie, l'Orient, l'Espagne, l'Europe et la Russie. Pour lors, il veut enterrer tous les étrangers, pour leur apprendre à respecter la France, et les laisse venir sous Paris, pour les avaler d'un coup, et s'élever au dernier degré du génie par une bataille plus grande que toutes les autres, une mère bataille enfin! *Mais les Parisiens ont peur pour leur peau de deux liards* et pour leurs boutiques de deux sous, ouvrent leurs portes; voilà les Ragusades qui commencent, et les bonheurs qui finissent; l'impératrice qu'on

embêtе, *et le drapeau blanc qui se met aux fenêtres.* Enfin les généraux, qu'il avait fait ses meilleurs amis, l'abandonnent pour les Bourbons dont n'avaient jamais entendu parler. Alors il nous dit adieu à Fontainebleau. — « Soldats!... » Je l'en-

tends encore, nous pleurions tous comme de vrais enfants; les aigles, les drapeaux étaient inclinés comme pour un enterrement, car on peut vous le dire, c'étaient les funérailles de l'empire, et ses armées pimpantes n'étaient plus que des squelettes. Donc il nous dit de dessus le perron de son château : — « Mes enfants, nous sommes vaincus par la trahison, mais nous nous reverrons dans le ciel, la patrie des braves. Défendez mon petit que je vous confie : vive Napoléon II ! » Il avait idée de mourir ; et pour ne pas laisser voir Napoléon vaincu, prend du poison de quoi tuer un régiment, parce que, comme Jésus-Christ avant sa passion, il se croyait abandonné de Dieu et de son talisman ; mais le poison ne lui fait rien du tout. Autre chose ! se reconnaît immortel. Sûr de son affaire et d'être toujours empereur, il va dans une île pendant quelque temps étudier le tempérament de ceux-ci, qui ne manquent pas à faire des bêtises sans fin. Pendant qu'il faisait sa faction, *les Chinois* et les animaux de la côte d'Afrique, Barbaresques et autres qui ne sont pas commodes du tout, le tenaient si bien pour autre chose qu'un homme, qu'ils respectaient son pavillon en disant qu'y toucher,

c'était se frotter à Dieu. Il régnait sur le monde entier, tandis que ceux-ci l'avaient mis à la porte de la France. Alors s'embarque sur la même coquille de noix d'Égypte, passe à la barbe des vaisseaux anglais, met le pied sur la France, la France le reconnaît, le sacré coucou *s'envole de clocher en clocher*, toute la France crie : —

Vive l'empereur ! Et par ici l'enthousiasme pour cette merveille des siècles a été solidé, le Dauphiné s'est très-bien conduit ; et j'ai été particulièrement satisfait de savoir qu'on y pleurait de joie en revoyant sa redingote grise. Le 1er mars Napoléon débarque avec deux cents hommes pour conquérir le royaume de France et de Navarre, qui le 20 mars était redevenu l'empire français. L'Homme se trouvait ce jour-là dans Paris; ayant tout balayé, il avait repris sa chère France, et ramassé ses troupiers en ne leur disant que deux mots : Me voilà! C'est le plus grand miracle qu'a fait Dieu! Avant lui, jamais un homme avait-il pris d'empire rien qu'en montrant son chapeau? L'on croyait la France abattue! Du tout. A la vue de l'aigle, une armée nationale se refait, et nous marchons tous à Waterloo. Pour lors, là, la garde meurt d'un seul coup. Napoléon au désespoir se jette trois fois au-devant des canons ennemis à la tête du reste, sans trouver la mort! Nous avons vu ça, nous autres! Voilà la bataille perdue. Le soir, l'Empereur appelle ses vieux soldats, brûle dans un champ plein de notre sang ses drapeaux et ses aigles; ces pauvres aigles, toujours victorieuses, qui criaient dans les batailles : — En avant! et qui avaient volé sur toute l'Europe, furent sauvées de l'infamie d'être à l'ennemi. Les trésors de l'Angleterre ne pourraient pas seulement lui donner la queue d'une aigle. *Plus d'aigles!* le reste est suffisamment

connu. L'Homme Rouge passe aux Bourbons comme un gredin qu'il est. La France est écrasée, le soldat n'est plus rien, on le prive de son dû, on te le renvoie chez lui pour prendre à sa place des nobles qui ne pouvaient plus marcher, que ça faisait pitié.

L'on s'empare de Napoléon par trahison, les Anglais le clouent dans une île déserte de la grande mer, *sur un rocher élevé de dix mille pieds au-dessus du monde*. Fin fina-

le, est obligé de rester là, jusqu'à ce que l'Homme Rouge lui rende son pouvoir pour le bonheur de la France. Ceux-ci disent qu'il est mort! Ah bien oui mort! on voit bien qu'ils ne le connaissent pas. Ils répètent c'te bourde-là pour attraper le peuple et le faire tenir tranquille dans leur baraque de gouvernement. Écoutez. La vérité du tout est que ses amis l'ont laissé seul dans le désert, pour satisfaire à une prophétie faite sur lui, car j'ai oublié de vous apprendre que son nom de Napoléon veut dire *le Lion du désert*. Et voilà ce qui est vrai comme l'Évangile. Toutes les autres choses que vous entendrez dire sur l'Empereur sont des bêtises qui n'ont pas forme humaine. Parce que, voyez-vous, ce n'est pas à l'enfant d'une femme que Dieu aurait donné le droit de tracer son nom en rouge comme il a écrit le sien sur la terre, qui s'en souviendra toujours! Vive Napoléon, le père du peuple et du soldat! »

— Vive le général Eblé! cria le pontonnier.

— Comment avez-vous fait pour ne pas mourir dans le ravin de la Moscowa? dit une paysanne.

— Est-ce que je sais? Nous y sommes entrés un régiment; nous n'y étions debout que cent fantassins, parce qu'il n'y avait que des fantassins capables de le prendre! L'infanterie, voyez-vous, c'est tout à l'armée...

— *Fischtre, et la cavalerie, donc!* s'é–

cria l'officier en se laissant couler du haut du foin, et apparaissant avec une rapidité qui fit jeter un cri d'effroi aux plus courageux. Eh! mon ancien, tu oublies les lanciers rouges de Poniatowski, les cuirassiers, les dragons, tout le tremblement! Quand Napoléon, impatient de ne pas voir avancer sa bataille vers la conclusion de la victoire, *disait à Murat :* « Sire, coupe-moi ça en deux! » Là-dessus, nous partions d'abord au trot, puis au galop, *une*, *deux!* l'armée ennemie était fendue comme une pomme avec un couteau. Une charge de cavalerie, mon vieux, mais c'est une colonne de boulets de canon!

— Et les pontonniers? cria le sourd.

— Ah çà, mes enfants! reprit l'officier, tout honteux de sa sortie en se voyant au milieu d'un cercle silencieux et stupéfait, il n'y a pas d'agents provocateurs ici! Tenez, voilà pour boire en son honneur.

— Vive l'Empereur! crièrent d'une seule voix les gens de la veillée.

— Chut! enfants, dit l'officier en s'effor-

çant de cacher sa profonde douleur ; chut ! *il est mort* en disant : « Gloire, France et bataille. » Mes enfants, il a dû mourir, lui ; mais sa mémoire !... jamais. »

Goguelat fit un signe d'incrédulité, puis il dit tout bas à ses voisins : « L'officier est encore au service, et c'est leur consigne de dire au peuple que l'Empereur est mort. Faut pas lui en vouloir, parce que, voyez-vous, un soldat ne connaît que sa consigne. »

---

En sortant de la grange, le commandant entendit une paysanne qui disait : « Cet officier-là, voyez-vous, est un ami de l'Empereur et de M. Benassis. Alors, tous les gens de la veillée se précipitèrent à la porte pour revoir le commandant, et, à la lueur de la lune, l'aperçurent prenant le bras du médecin.

« J'ai fait des bêtises, dit l'officier. Rentrons vite. Ces aigles, ces canons, ces campagnes, je ne savais plus où j'étais.

— Eh bien! que dites-vous de mon Goguelat? lui demanda le médecin.

— Monsieur, avec des récits pareils, la France aura toujours dans le ventre les quatorze armées de la République, et pourra parfaitement soutenir la conversation à coups de canon avec l'Europe. Voilà mon avis.

www.ingramcontent.com/pod-product-compliance
Ingram Content Group UK Ltd.
Pitfield, Milton Keynes, MK11 3LW, UK
UKHW020409190726
13838UKWH00006B/748